To my family and all the adventures
we had keeping bees
M. B.

To my niece and nephew
A. D.

First edition 2020

Library of Congress Catalog Card Number pending
ISBN 978-1-5362-0105-5 (English hardcover)
ISBN 978-1-5362-1413-0 (Spanish hardcover)

19 20 21 22 23 24 CCP 10 9 8 7 6 5 4 3 2 1

Printed in Shenzhen, Guangdong, China

This book was typeset in Providence.
The illustrations were done in colored pencil
on illustration board, with color added digitally.

Candlewick Press
99 Dover Street
Somerville, Massachusetts 02144

visit us at www.candlewick.com

Un pequeño porcentaje de las personas que son aguijoneadas por una abeja desarrollan rápidamente alguna reacción alérgica seria que puede amenazar su vida. Si presentas síntomas inusuales o severos después de una picadura de abeja, busca tratamiento de emergencia de inmediato.

Kaia y las abejas

MARIBETH BOELTS

ilustrado por ANGELA DOMINGUEZ

TRADUCCIÓN DE GEORGINA LÁZARO

CANDLEWICK PRESS

NO TE RINDAS

Yo soy de los valientes.

Valiente como el más picante de los chiles picantes.

Y valiente hasta en el sótano con una araña peluda.

Pero una cosa me **REQUETE** asusta . . .

LAS ABEJAS.

¡Las abejas tienen aguijones!

¡Una vez pisé descalza una abeja y me picó!

¡Y ahora mismo, miles de abejas viven en nuestra azotea!

Abejas.

Abejas.

¡Tantas abejas!

COLMENAS

MI AZOTEA

ABEJAS
MIEL

Papá dice que las abejas están muriendo y los científicos no saben exactamente por qué.

Papá lee libros sobre abejas y habla sobre las abejas sin parar.

—Las frutas y los vegetales necesitan ser polinizados para desarrollarse. —dice.

Yo mastico una manzana.

—Las abejas polinizaron esa manzana.

—¿Y esos . . . arándanos?

—Esos también —dice—. El mundo necesita abejas y por eso somos apicultores.

Pero solamente él va a la azotea
donde están las colmenas.

¡Yo no!

¿Y los niños en mi edificio? Yo les hablo y les hablo como si fuera la apicultora. Y ellos, claro que sí, ellos escuchan.

Pero me siento incómoda por dentro porque *no lo soy exactamente*.

Entonces los días se vuelven CALUROSOS. Estamos todos jugando con el agua del hidrante cuando, ¿quién aparece?

¡UNA ABEJA! Da vueltas sobre mi cabeza, zumba en mi oído y aterriza... ¿Están listos?

¡JUSTO. EN. MI. BRAZO!

Me vuelvo loca gritando y manoteando.

—¡Eres una mentirosa! —dice Marcela.

Héctor se ríe y dice:
—¡Los verdaderos apicultores no se asustan con una abejita!

Entro furiosa y pisando fuerte, y agarro del clóset mi traje y mis guantes.

—Quiero ver las abejas —digo.

—¿Ah? —dice Papá—. Vamos a revisarlas ahora.

Papá me cierra el zíper del traje y yo me pongo mi capucha, mis guantes y mis botas hasta que cada inquieta pulgada de mi cuerpo queda cubierta, desde la cabeza hasta la punta de los dedos de las manos y de los pies.

Subo la escalera siguiendo a Papá.
Él abre la puerta empujándola.

Allí en la azotea . . . colmenas.

Las abejas entran y salen de los pequeños agujeros. Algunas tienen alegres motitas amarillas y anaranjadas pegadas a sus patas.

—Están transportando el polen —dice Papá y levanta la tapa.

De pronto hay abejas *por todas partes*.

¡Una nube que **vuela** y **zumba** con energía!

Mis manos se levantan para espantarlas.

Papá va directo al grano: —Quédate quieta, Kaia. Respira.

Pero yo aguanto la respiración. Papá saca un cuadro de una de las colmenas. Ambos lados están cubiertos de abejas que trepan y se agitan. Él examina los cuadros uno a uno.

Entonces él saca un cuadro para dármelo.

¿A mí? ¿A la niña mentirosa o a la valiente? Tengo la cabeza empapada de sudor. Parpadeo con fuerza. Extiendo los brazos.

Y aquí estoy, muerta de miedo, pero sosteniendo miles de abejas (¡quizá más!) con mis dos manos. Las abejas son eléctricas —zumban, zumban— y yo soy eléctrica también.

—Vamos a buscar a la reina —dice Papá.

Yo busco y busco, y entonces la veo.
Papá me felicita levantando el pulgar.

¡Hasta ahora, todo bien!

Las abejas se posan en palitos que flotan en una cubeta con agua. Las observo balancearse y beber a sorbos, y no puedo creer que realmente se ven . . . ¡adorables!

Añado agua fresca a la cubeta. *Puf. Guante mojado.* Me lo quito, agarro otro palito y

¡UNA **ABEJA** ME PICA UN DEDO!

Hago un berrinche. ¿Quién no?

Esa abeja estaba viva. *Vibraba.* ¡Y me clavó su aguijón en la piel!

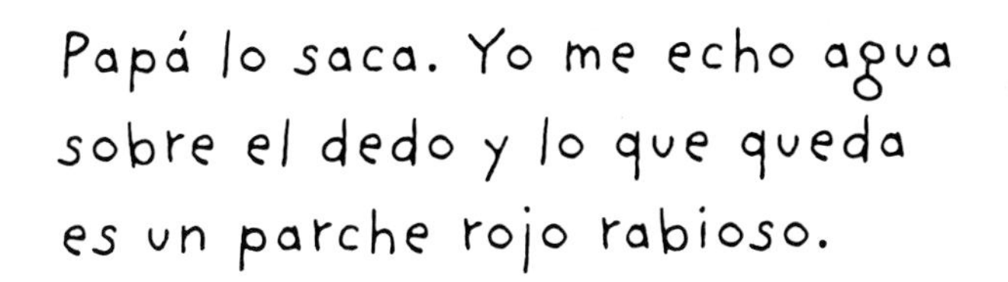

Papá lo saca. Yo me echo agua sobre el dedo y lo que queda es un parche rojo rabioso.

¡Nunca *JAMÁS* me acercaré a esas abejas!

Papá se ocupa de las abejas él solo. Cada vez que lo hace me invita, pero no insiste cuando digo que no.

Un día me dice que la miel está lista para cosecharse.

—Yo te ayudaré —digo—.
Pero no hay abejas, ¿verdad?

Trabajamos todo el día llenando frascos y pasando el trapeador. Hay miel en el piso, en la mesa, en mi codo, en las perillas de las puertas . . .

A quién le importa. Nos reímos por la magia que está ocurriendo aquí, en nuestra cocina.

La miel chorrea y yo quiero hacer un dibujo. Pero ningún crayón es tan dorado, y no se puede dibujar el agradable y dulce olor que inunda nuestro apartamento.

—¿Verdad que es un misterio? —dice Papá.

Yo también lo siento así.

Que una ABEJA—solo un diminuto insecto con un aguijón, dos pares de alas y seis patas peludas—pueda hacer miel.

Mientras Papá regresa a la azotea, yo levanto los frascos de miel para que el sol brille a través de ellos, y los coloco, soñadora, uno al lado del otro en el borde de la ventana.

Entonces descubro algo que trepa por la cortina.

¡Una abeja! ¡Espera, DOS!

Chillo, agarro un matamoscas y me envuelvo como una momia en una toalla. Vigilo cada movimiento.

Esas abejas curiosean desde un extremo del cristal hasta el otro y por los bordes, como si estuvieran cazando.

Tal vez no quieran picarme.
Tal vez lo que quieren es salir. Eso es todo.

Bajo el matamoscas.

Entonces lucho con esa ventana vieja y chirriante
hasta abrirla, solo una pulgada.

Y las abejas salen volando.

Papá y yo salimos a caminar al atardecer.

—Voy a volver a la azotea —le digo.

Lo haré porque las abejas son asombrosas, inquietantes y misteriosas. Y las necesitamos.

Y cuando digo esas palabras acerca de las abejas y esas palabras acerca de mí, no me siento incómoda por dentro, porque ahora algo dentro de mí me hace sentir . . .

valiente.